這夥毛孩有點甜

桔梗

繪著

U0106898

知出版

序

時隔兩年，磨磨蹭蹭地終於完成了第二本書《這夥毛孩有點甜》。

在上一本書《這夥毛孩有點萌》中，大家有被毛寶寶們萌到想去捏捏牠們的小胖臉嗎？幸而有這次出版新書的機會，讓上次沒機會著墨太多的情侶角色們，也有機會出來大肆放閃。

當和喜歡的人一起時，身邊一切彷彿都在冒著粉紅泡泡。因此在畫着青澀可愛的校園初戀，或是致力於撩撥另一半的紅狐和布偶貓時，我也會被牠們甜得牙疼。但當人成長了，也會見識到愛情並不只有甜。正如企鵝

太太和北極熊戰勝了相隔二萬公里的距離，奔赴彼此後，也還是面對着婚後柴米油鹽和照顧小屁孩的煩惱。而遇上愛情，也不是那麼理所當然，不然怎麼會有長年單身被閃瞎的柯基同學和翻車一百次也還未求愛成功的三花叔叔呢？

在這本書中，我希望能把每對毛孩、每段愛情的魅力都展示給你們看。不知道你在那麼多對毛孩中，找得到你（或另一半）的影子嗎？

桔梗

目錄

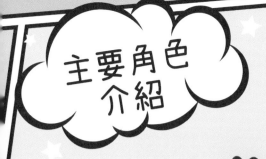

主要角色介紹

紅狐

- 很寵白狐的霸道總裁型男友
- 和白狐之間沒甚麼問題是撲倒一次不能解決的…如果有，就撲倒兩次～

白狐

- 很溫柔很易被撩到的嬌嬌女友
- 很喜歡小熊貓

小熊貓

- 因為毛色很像，錯認了自己是紅狐和白狐的兒子
- 傲嬌的他才不會承認自己被小毛團萌到了！

毛團

- 很愛啃小熊貓毛蓬蓬尾巴的兔兔
- 呀不是…還是比較愛啃小蘿蔔

矮袋鼠管家

- 負責照顧布偶小姐的管家
- 弄丟了自家小姐後，每天都很怕老爺會把他們煮了

獵豹老師

- 毛孩幼稚園的體育老師
- 撿了貓回家後，常自以為自己才是主人
- 最後逃得過當鏟屎官的命運嗎？

布偶貓

- 布偶族的小公主
- 有一次逃出去玩後被獵豹撿了回家養
- 很會撩「自家主人」

北極熊

- 來自北極
- 長得很壯但有點怕老婆

企鵝太太

- 來自南極，有點暴躁的老婆
- 生了兒子後發現沒有一丁點企鵝基因，正計劃再生育，就不信這次還不像媽媽！

豹豹

- 在南北極夫婦家當小雜工
- 實際身份是他們家的儲備糧
  （噓～別跟豹豹說喔）

北極寶

- 南北極夫婦的兒子
- 超迷你的北極熊
- 很喜歡和豹豹玩

高冷學長

- 中學部的學霸學長
- 在外很男神，只有對著羊駝妹妹才會又慫又易撩

羊駝妹妹

- 中學部可愛小師妹
- 讀書有點笨
- 看起來軟軟萌萌，實際上她才是掌握實權那位

單身基

- 上面兩位高個子的同學
- 常常受到他們的閃光彈攻擊

三花

- 毛團的叔叔
- 喜歡耍帥但很不靠譜
- 努力追求黑貓老師中，但基本上
  每次都會翻車

黑貓老師

- 毛團最喜歡的幼稚園老師
- 很溫柔，很疼愛每隻毛寶寶

第一章

甜度爆表的一對

13

喂我們才第一次見面…
你就跟我走了？

不怕被拐嗎？你這傻白甜！

不怕嘛~
送我肉肉的
應該都是好人

所以還是…
一塊肉就可以拐跑

（還是自動自覺跟住跑，
超省心那種）

出發出發~

爸爸媽媽平時都很忙，
沒有時間陪我的…

家裏就只有阿雞保姆，
可是她超兇！
還會沒收我玩具！

不過嘛沒關係~
今天我生日，

我偷偷許了個願，
希望今天有人能陪我玩

然後你就來了~
一定是狐仙大人
聽了我的願望，
把你送給我玩…
呃陪我玩~

我聽到你說
拿我給你玩的

那紅狐哥哥你的家人呢？
他們會陪你玩嗎～
會不會沒收你玩具？

我…沒有家人…
我打從出生起就沒見過他們

一直…
自己一人嗎？
好孤單喔

欸我想到了！

你也是第一個
陪我玩的小狐狸

既然你沒有家人，

而我即使有家人，
也像沒有一樣

那麼…

我們來當彼此的家人吧！

你這小傻狐…

打疼了自己爪爪值得嗎？

當然值得！

家人欸～當然要無條件站在你身旁撐着你！

我…是第一次被保護着

謝謝你小傻狐

紅狐哥哥！你明天還來陪我玩嗎？

會的…以往

每一天我都在你身旁

不會讓你狐單的

20

就是這樣…

小紅狐認識了 小白狐

居然還敢欺負其他小狐狸，
回家等老娘親自收拾你！

而且在很多年之後

那隻臭紅狐真的把小白狐
拐回家當一家人了…
（當老婆那種）

紅白狐戀愛秘史

保密

你們這種白毛生物
好像真的很容易拐呢…

被一根小蘿蔔拐來的

21

我們來「不親親挑戰」吧～

我們互相對看，
誰先忍不住親親就輸了

嘻嘻沒點定力！
親了可就輸了

那就輸吧

不
親
親
挑
戰

這夥毛孩有點甜

紅狐 × 白狐

這夥毛孩有點甜

過甜對身體不好的，

你本來已經夠甜了，
再甜就要爆表了

紅狐 × 白狐

啃下去

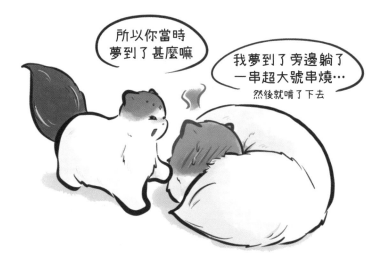

紅狐 × 白狐

這夥毛孩有點甜

紅狐 × 白狐

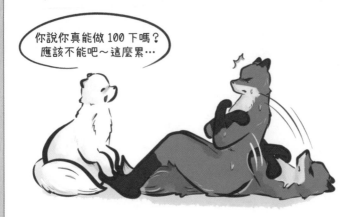

別懷疑我的體力

這夥毛孩有點甜

我們來玩情侶運動吧

你做一下俯臥撐
就可以親我一下喔～

像這樣嗎？

嗯嗯然後
撐起來再做…

別懷疑我的體力2

哎喲太累了，
起不來呢～

直接躺著好

喂你快點起來！

這夥毛孩有點甜

紅狐 × 白狐

我的寶貝

這夥毛孩有點甜

紅狐 x 白狐

你笨蛋喔！
黑貓老師不是教了你，
不能亂讓陌生人摸摸嗎？

這樣的小兔子是會被拐，
然後被烤香香的！

我再問你一遍

有怪叔叔要摸你頭頭，
你要怎樣做？

要摸頭頭～

我的寶貝2

這夥毛孩有點甜

你摸完頭頭再靜嘛～

紅狐 × 白狐

小兔子要學會保護自己
難道說我要親親,
你也讓我任親嗎?

嗯嗯

當然不能任親!

尾巴尖尖和腳腳不能親,
其他的你自便吧~

我先睡會了,
你親完叫我吧~

對了～你要是把
我的毛毛親濕了，
記得幫我擦乾乾喔！

黑貓老師說，
玩完會收拾的孩子
才是乖寶寶呢！

你黑貓老師還教你不要隨便讓人親親的
你聽了嗎？

紅狐 x 白狐

這夥毛孩有點甜

紅狐 × 白狐

你別再摸我屁屁了！
都快要起毛球了

摀緊屁屁

起毛球

你看～
白狐姨姨也被摸到
屁屁起毛球了嘛！

這夥毛孩有點甜

你再摸就真的起毛球了！

紅狐 × 白狐

只好奉陪

這夥毛孩有點甜

紅狐 x 白狐

第二章

誰是真正的主人

50

51

這…

是小姐的毛毛…

我們又弄丟小姐了…

欸你說…
老爺不會把我們吃掉的吧

「獵」豹行動

自動逗貓機

這夥毛孩有點甜 ‧‧‧‧‧‧‧‧‧‧‧‧‧‧‧‧‧‧‧‧‧‧‧‧‧‧‧‧‧‧

暖床神器

這夥毛孩有點甜

那主人你一起來睡嘛～
貼着小貓咪睡更暖喔

冬天必備暖床神器

再舔舔吧

這夥毛孩有點甜

嘻嘻怎麼這麼不經逗嘛～

這夥毛孩有點甜

就道歉一下嘛…
（氣勢全無）

獵豹 x 布偶貓

負責任的主人

這夥毛孩有點甜 ....

你直接說

「我頂不住我家貓的撒嬌，
現在要曠工去吸貓了」

不就行了嘛～

獵豹 x 布偶貓

有競爭才有進步

這夥毛孩有點甜 . . . .

所以嘛～
都說有競爭才有進步的

對的呢～
我們之後再約喔！

獵豹 x 布偶貓

獵豹 x 布偶貓

我養你

這夥毛孩有點甜 . . . .

蹭蹭

主動

怎麼今天這麼嗲…

來蹭蹭吧～

好難捉摸

無情轉身

頭也不回

貓系女友真的…好難捉摸

這夥毛孩有點甜

獵豹 x 布偶貓

噴…你貓毛都拖地了！

你知道你這種長毛貓洗澡有多麻煩嗎？！

哼你別多想！
我只嫌你洗澡麻煩才抱你！

還有家裏要省水費的！

抱
抱

這夥毛孩有點甜 . . . .

踏踏

我最～喜歡主人抱抱了

獵豹 ｘ 布偶貓

我回來了

嗖嗖

怎麼了！我是沾有別的貓味又怎樣！

你只是我撿回來的！本主人在外面有別的小貓你管得着嗎？！

咳其實剛才是有流浪貓碰瓷討食…

我沒別的貓呢，你別生氣

誰是主人

這夥毛孩有點甜 ....

那隻玻璃貓去哪了…

你快給我出來！

該不會真被我氣走了吧

我以後都不罵你了，
我把小魚乾都買給你好不…

最多我讓你當主人吧

我會對你好的
你回來吧…

只是在櫃子上休息

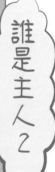

突然當主人了～
去看看我家新晉鏟屎官吧！

啪

獵豹 x 布偶貓

第三章

家有「妻管嚴」

這兩件事有關係嗎？

你洗了他倆的小被被？

你不是說今晚要和我二人世界的嗎？

是你親手毀了我們的二人世界…到時不要哭着來找我！

洗了小被被

拜拜～

洗了孩子們的小被被，就做好抱他們睡一夜的準備吧

這夥毛孩有點甜 . . . .

果然要有小被被
才睡得着嘛～

北極熊 × 企鵝太太

爸爸你在做甚麼？

現在你們是協同犯罪了…
不許告訴你媽媽！

協同犯罪

這夥毛孩有點甜

北極熊 × 企鵝太太

打遊戲機的代價

這夥毛孩有點甜 ．．．．．．．．．．．．．．．．．．．．．．．．

北極熊 × 企鵝太太

就你頭頂那幾條毛，還要花錢出去髮型屋剪嗎？

我給你剪不就行了嘛～

爸爸別怕！

就算你剪禿了，我還是會這麼愛你的！

為你剪髮

嗚嗚好兒子…

爸爸～

這夥毛孩有點甜 ．．．．．．．．．．．．．．．

北極熊 × 企鵝太太

好像弄丟了

這夥毛孩有點甜 ....

欸你說爸爸會甚麼時候
記起我們在這呢？

北極熊 x 企鵝太太

到底餓不餓

這夥毛孩有點甜......................................

北極熊 × 企鵝太太

這夥毛孩有點甜 . . . .

是你養出來的⋯
你現在卻說你不喜歡它

哼始亂終棄的女人！

北極熊 x 企鵝太太

最喜歡和妳們逛街了～

不過也差不多時間要回家了

很開心呢！

不愛回家

嗚嗚我不要回家！

一回家就有一大堆家務在等着我！

Home

這夥毛孩有點甜

呼…終於把人家老婆還回去了

北極熊 × 企鵝太太

喂你管管你老婆好不好！
她已經佔住我家貓好久了！

是甚麼給了你錯覺，
讓你覺得我管得了我老婆呢？

呀…也是喔

管好老婆

這夥毛孩有點甜

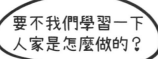

好！知識改變命運！

北極熊 × 企鵝太太

不愛回家2
我老婆才不是企鵝…
明明是母老虎
結婚後甚麼男人的
自由和尊嚴全都沒了！
你…你別再說了…
我剛在打電話給你老婆，
讓她來這裏接你…
她…全聽到了

北極熊 × 企鵝太太

這夥毛孩有點甜

北極熊 × 企鵝太太

第四章

努力讀書
努力談戀愛

這夥毛孩有點甜

又在欺負我們單身狗…

可以專心了

這夥毛孩有點甜

高冷學長 × 羊駝學妹

我們絕交吧

這夥毛孩有點甜 ....

我告訴你，
你已經永遠地失去我了

我們絕交吧！！

高冷學長 × 羊駝學妹

你別看這裏的菜單，
先用這點餐紙點餐吧～

足日午餐

就這？

學長專屬點餐紙

☑ A餐：臉頰親親
☐ B餐：羊式抱抱
☐ C餐：親親抱抱
　　　 特惠套餐

咳…那我就簡單地
點一個臉頰親親吧

哼我們新店開張，
強制性享用買一送十優惠！

才親一個哪夠嘛！

專屬套餐

這夥毛孩有點甜

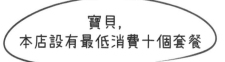

高冷學長 × 羊駝學妹

這夥毛孩有點甜

誰都不可以貼過來！

這隻除外

撒嬌也沒用

這夥毛孩有點甜 ....

大不了讀完
帶你去吃甜品了好不好

放棄比賽就完了

滿血復活

這夥毛孩有點甜

高冷學長 x 羊駝學妹

一人一顆小白糰

這夥毛孩有點甜

咳…這顆超小碼的小白糰
就由我來回收吧

準備充足

高冷學長 × 羊駝學妹

便
當
的
暗
喻

今天的便當…
是暗喻了甚麼嗎？

趕緊！反省一下我們
有沒有做了甚麼
惹她倆生氣

不然…小命容易不保

生菜拌生菜

0 成熟牛扒

這夥毛孩有點甜

事實是…

高冷學長 × 羊駝學妹

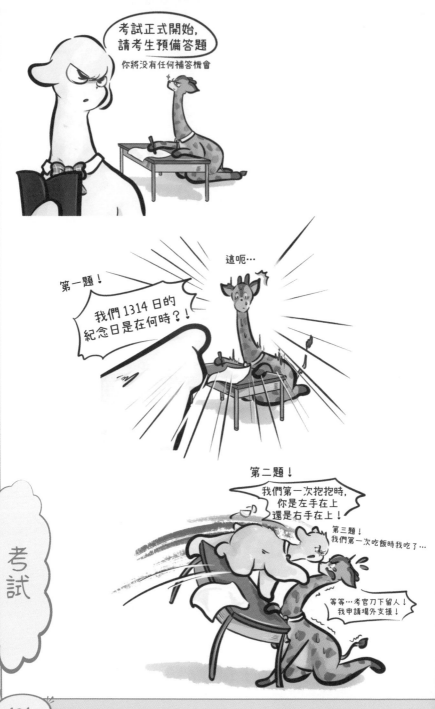

這夥毛孩有點甜

兄弟！都給我查！

連她掉了多少條羊毛
都給我數清楚！

高冷學長 x 羊駝學妹

到我問你了！考生預備答題！

我們第一次一起吃飯的地方在哪裏？

在學校旁公園的草坪…生啃草草，還有一股農藥味

呀對了之後還被園丁趕走呢

那我再問你！我們第一次親親是親了哪裏？

你還好意思說？你那時磨磨蹭蹭不敢親，最後還是我親你的

考試2

這夥毛孩有點甜

第五章

努力不懈追求
但總是翻車

黑貓老師，
毛團實在太頑皮了

我們去咖啡廳
好好約會呢…

咳…好好詳談
怎樣訓練兔子吧！

你閉嘴！

你得頑皮我才有藉口
約你黑貓老師出去見面嘛！

再吵我就把你藏起來的
小蘿蔔全燒了！

可是我很乖噠！

黑貓老師！我很頑皮的！
我啃了電線，還在
三花叔叔床上拉便便！

黑貓老師你快跟他
去約會，談談怎樣
訓練兔兔！
（嗚嗚別燒我的小蘿蔔）

我很頑皮的

這夥毛孩有點甜 ....

甚麼最愛的老師都是假的，
對小兔兔來說，小蘿蔔才是真愛

三花 x 黑貓老師

我
怕
砸
到
你

這夥毛孩有點甜 ．．．．．．．．．．．．．．．

三花叔叔你以後要小心點了

以後如果你犯錯了，
黑貓老師可是用一隻
爪爪就能搔死你嗟～

三花 × 黑貓老師

貓咪的本質
都慕強…

只要我抓到老鼠
送給她…呃哈你別跑！

那黑貓小姐一定會
對我傾慕不已～

論如何分辨老鼠和倉鼠

最後黑貓老師讓他交了三千字
《論如何分辨老鼠和倉鼠》的論文呢

三花 x 黑貓老師

女人的本質
都是喜歡甜點的

這次我一定能打動
黑貓小姐的芳心！

然後再加點朱古力…

等等…
這手感有點熟悉

三花叔叔
拿我便便幹嘛…

不一樣的朱古力

這夥毛孩有點甜

三花 x 黑貓老師

舔毛

黑貓老師，
你手的毛都髒了，
我來幫你舔毛清潔吧！

可是我剛用這爪
幫小奶貓同學埋貓砂呢…

舔毛清潔

這夥毛孩有點甜 ·······························

哼你們連黑貓老師最喜歡甚麼都不知道～

居然還說自己是黑貓老師最疼的毛寶寶

哼誰說我們不知道的！

黑貓老師最喜歡貓草味香水！

還有她最喜歡摸毛乎乎又長得萌的生物！（即是我！）

她最喜歡這款逗貓棒！喜歡到偷偷買了一根回家自己玩！

這樣喔

聊得真開心

這夥毛孩有點甜

果然不翻車

這夥毛孩有點甜 ．．．．．．．．．．．．．．．．．．．

果然不翻車都是在作夢～

三花叔叔快起床！
到時間餵兔糧了

她愛我…

她不愛我…

她愛我…

換毛期摘浮毛中

她…不愛我？！！

最後一撮毛

是愛還是不愛？

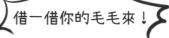

借一借你的毛毛來！

這夥毛孩有點甜

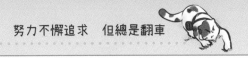

兄弟你說喔…
我還能怎樣追求
黑貓小姐呢？

欸兄弟你問對人了，
我這裏還真有些東西
你們貓科生物一定喜歡的！

論如何分辨海豹與魚

看多肥美的魚魚！
你們貓咪都很喜歡魚吧～

這夥毛孩有點甜

如果黑貓小姐知道
你想吃她家學生…

你才魚！
你全家都是魚！

她會讓你寫一萬字
《論如何分辨海豹與魚魚》的論文的

兄弟我告訴你

要做草原上最雄壯的男人！
用力量征服黑貓老師的心！

哎喲！

草原上最雄壯的男人

算了你跟雄壯二字
還是差了十萬八千里

嗚爪爪不夠力…
你幫我開一下～

連罐罐也開不了的男人

148

這夥毛孩有點甜 ．．．．．．．．．．．．．．．．．．．．．

後記

再次感謝知出版的邀請，讓我能承接上一本書，集結更多「桔梗與毛孩們」的故事呈現給大家看。

這次的籌備過程，感覺比上一本書更艱難──不單是因為要在忙碌的生活中抓緊細碎的時間來趕稿，更是因為我不希望讓讀者們失望。我很希望在新書中，能給大家展現進步了的畫功、創作更出乎意料的故事。而這次也作了一個新嘗試，就是以短篇漫畫的形式去述說更細膩的情節和畫面（呃所以畫得還滿意嗎？）。而在嘗試後我也只能說⋯⋯專業漫畫家實在太厲害、太值得學習了！果然人還是不能留在安舒區，得多嘗試未知的範疇才能更認識自己的不足嘛。

呼～這本書終於出世了。過程中少不了有累透、想放棄的時候，幸好我還是堅持着把毛孩們的故事完成了。如果《這夥毛孩有點甜》真的有把你閃瞎了（咳……不要跟我要醫藥費），請你跟你身邊的人分享這本書的快樂，讓桔梗的毛孩們也能治癒到更多的讀者。

謝謝你，看到這裏。

桔梗

繪著
桔梗

責任編輯
梁卓倫

裝幀設計
羅美齡

排版
辛紅梅

出版者
知出版社
香港北角英皇道 499 號北角工業大廈 20 樓
電話：2564 7511　　傳真：2565 5539
電郵：info@wanlibk.com
網址：http://www.wanlibk.com
　　　http://www.facebook.com/wanlibk

發行者
香港聯合書刊物流有限公司
香港荃灣德士古道 220-248 號荃灣工業中心 16 樓
電話：2150 2100　　傳真：2407 3062
電郵：info@suplogistics.com.hk
網址：http://www.suplogistics.com.hk

承印者
寶華數碼印刷有限公司
香港柴灣吉勝街 45 號勝景工業大廈 4 樓 A 室

出版日期
二〇二三年二月第一次印刷

規格
大 32 開（210 mm × 142 mm）